GÉNIE

ET

LA PETITE VILLE

CONTE

Pour les grands Enfants

PAR

Jean MACÉ

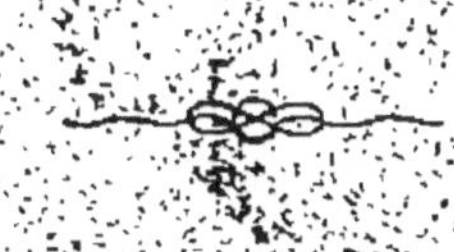

PARIS

J. HETZEL, ÉDITEUR

18, RUE JACOB, 18

1868

Prix : 25 cent.

LE GÉNIE

ET

LA PETITE VILLE

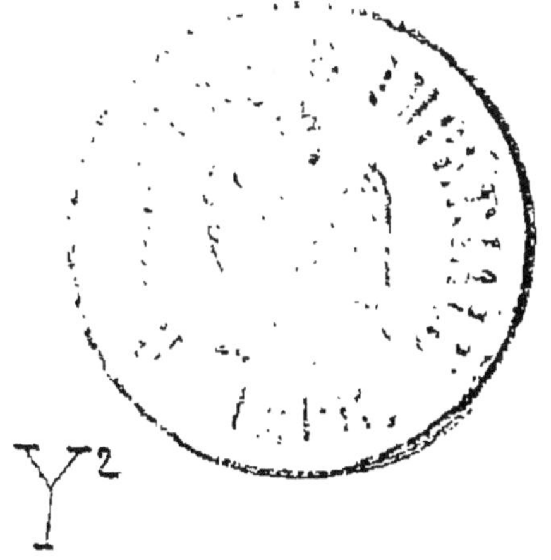

Y2

Paris. — Imprimé chez Jules Bonaventure,
quai des Grands-Augustins, 55.

LE GÉNIE

ET

LA PETITE-VILLE

CONTE

Pour les grands Enfants

PAR

JEAN MACÉ

PARIS

J. HETZEL, ÉDITEUR

18, RUE JACOB, 18

—

1868

LE GÉNIE

ET LA PETITE VILLE

I

Un Génie descendit un jour du ciel dans l'intention d'être utile aux hommes. Il arriva dans une petite ville, et comme il avait d'excellentes lettres de recommandation, il fut accueilli à bras ouverts par les autorités.

Invité le premier jour à un grand dîner, qui se donnait en son honneur, il commença sur-le-champ à prêcher les convives, leur parlant de l'amour et du respect que les hommes se doivent les uns aux autres, de leur égalité devant Dieu, qui met à néant pour le sage les inégalités sociales, de l'indulgence qu'il convient d'avoir pour des fautes dans lesquelles chacun tombe à son tour, les plus coupables n'étant pas toujours les plus

punis, et au bonheur qui ré-
gnera sur la terre le jour où les
hommes conviendront de se
regarder entre eux comme des
frères.

On le laissa parler tant qu'il
voulut, et le maître du logis
disait de temps en temps, en
hochant la tête : « Très-bien!
très-bien ! »

Quand il se leva, on le
reconduisit jusqu'à la la porte
d'entrée, avec de grandes dé-
monstrations d'amitié, et le bon
Génie se réjouissait dans son
cœur en s'en allant.

— Allons ! se disait-il, ce sont tous de bonnes gens. Ma tâche sera moins difficile que je ne l'avais cru.

Pendant ce temps, la compagnie s'entretenait de l'hôte extraordinaire qui lui était tombé du ciel.

— En vérité, disait une jolie petite dame dont les yeux bleus étaient pleins de douceur, en vérité, on ne saurait mieux parler. Je n'ai jamais rien entendu qui m'ait autant remuée.

Et elle trempa le bout de ses lèvres roses dans un verre de

cristal, élancé comme un lis, où pétillait une goutte de vin de Champagne.

— Le cher Génie, reprit son mari, un gros homme à lunettes d'or, le cher Génie a des idées un peu singulières. Il ne faut pas prendre au pied de la lettre tout ce qu'il dit.

II

Le lendemain notre Génie, tout échauffé par son succès de la veille, se rendit chez un célèbre avocat de la ville, pour lequel il avait aussi des lettres de recommandation, et il entama son sujet favori, sa constante préoccupation. L'avocat lui prit les mains avec effusion :

— Voilà, s'écria-t-il, voilà les principes que j'ai défendus toute ma vie, pour lequels j'ai tout sacrifié, honneurs, position, et bien des occasions de gagner de l'argent dont je n'ai pas voulu ; voilà ce qu'il faut prêcher sur les toits, voilà ce que tout homme de cœur devrait enseigner à ses enfants, voilà ce que les vrais amis de l'humanité...

La phrase dura encore cinq minutes ; mais comme c'était

toûjours la même chose, nous nous contenterons du commencement.

— A propos , reprit l'orateur quand il se fut calmé, on a parlé de vous hier dans la ville. J'ai appris où vous avez dîné. Vous avez eu tort, mon cher ; on ne peut pas voir ces gens-là.

— Mais je vous assure, dit le Génie, qu'ils m'ont paru animés des meilleures intentions.

— Vous les connaissez mal, fit amèrement l'avocat. Ce sont tous des misérables. Croyez-moi, n'y remettez plus les pieds ou vous ferez mal parler de vous.

Là-dessus, il prit le Génie par le bras et l'emmena en triomphe dans une grande salle richement decorée, où se réunissaient d'habitude les fortes têtes de l'endroit. Sitôt qu'on y connut son arrivée, on s'empressa autour de lui. Il prit la parole, car il ne pouvait se taire (c'est un peu le défaut des génies), et chacune de ses paroles fut accueillie avec de grands applaudissements.

Il s'en retournait le soir chez

lui, heureux de sa journée, quand il fut accosté par un de ceux avec qui il avait dîné la veille.

— J'en apprends de belles sur votre compte, lui dit le haut personnage d'un air pincé. Vous venez de vous compromettre avec tout ce qu'il y a de plus exalté dans la ville, et vous vous êtes permis une véritable harangue de tribun. Vous ferez bien de ne plus vous présenter où je vous ai rencontré hier, car on vous y recevrait mal, je vous en avertis.

— Les gens que je viens de voir, s'écria le pauvre Génie tout interdit, m'ont paru tous très-honorables.

— On n'est point honorable quand on a certaines idées.

— Mais enfin, puisque vous êtes si bien informé, vous devez savoir que j'ai répété exactement ce que vous aviez applaudi vous-même.

— Il y a des choses qu'il n'est pas bon de dire partout. Veillez sur votre langue, car la police aura l'œil sur vous.

— Ah! se dit le Génie en

continuant son chemin, l'oreille basse, je m'étais réjoui trop tôt.

III

Chassé des régions officielles, il se vit donc réduit à la société de l'avocat et de ses amis. Il ne s'y déplaisait du reste aucunement. C'étaient bien, ainsi qu'il l'avait dit, des hommes parfaitement honorables, très-attachés à leurs convictions, et

capables réellement de leur sa-
crifier bien des choses. Les en-
seignements du Génie trouvaient là des échos enthousias-
tes, et les mots de fraternité, de
droits du peuple, d'égalité humaine revenaient à chaque ins-
tant dans la conversation.

A quelques jours de là, il eut
besoin d'une paire de souliers,
et étant entré dans la boutique
d'un cordonnier, il s'assit dans
un fauteuil de bois pour essayer
des souliers. Comme il n'était
pas facile de trouver chaussure
à son pied, vu que les Génies ne

sont pas faits comme tout le monde, il eut le temps de lier conversation avec le cordonnier, pendant que l'apprenti bouleversait toute la boutique pour découvrir ce qu'il lui fallait. Le cordonnier fut si enchanté de ses discours, ils lui paraissaient si beaux et le relevaient si bien à ses propres yeux, qu'il pria instamment l'éloquent étranger de lui faire l'honneur de dîner avec lui.

— Je n'ai pas, dit-il, un grand festin à vous offrir, mais

j'inviterai quelques amis qui seront ravis de vous entendre. Accordez-moi cette grâce, et pour
moi et pour eux.

Le Génie qui, dans un dîner,
s'inquiétait plutôt de ceux qui
seraient autour de la table que
de ce qu'il y aurait dessus, le
Génie accepta l'offre de grand
cœur, trop heureux d'avoir une
nouvelle classe d'auditeurs à
prêcher. A la fin du repas, les
convives, émus jusqu'aux larmes, vinrent tous ensemble lui
serrer la main.

— Ah! disaient-ils, si tous

lés gros messieurs de la ville
pouvaient vous entendre !

— Mais ils m'ont entendu, mes
amis, et je n'ai pas eu de peine
à les convaincre. Ils pensent
tous comme moi.

— N'allez pas nous dire cela,
reprit vivement le cordonnier, ce
sont tous des orgueilleux, et je
sais à quoi m'en tenir sur leur
compte, moi qui en chausse les
trois quarts !

— Ah ! vous êtes de leur
société, continua-t-il d'un ton
refroidi. Eh bien ! avec tous
vos beaux discours, je ne suis

pas bien sûr que vous soyez de force à vous promener devant toute la ville avec nous.

Le Génie rougit de honte devant un tel soupçon. Sans dire un mot, il prit le bras du cordonnier, et tous les amis s'étant mis en route derrière eux, ils firent plusieurs fois ensemble le tour de la promenade que le beau monde du lieu avait adoptée.

Après que le Génie eut reconduit chez lui son nouvel ami, il se croisa dans la rue avec l'avocat, qui, lui montrant un visage sévère :

— A quoi pensez-vous, dit-il, d'aller vous montrer par la ville avec ce monde-là ?

— Croyez-moi, ce sont de bien honnêtes gens.

— Honnêtes, soit; c'est affaire à eux; mais ce n'est pas là ce que nous appelons les honnêtes gens. Ils ne font pas partie de la Société. Si j'ai un conseil à vous donner, c'est de cesser de les voir.

— Mais, mon cher monsieur, que faites-vous donc de tous les principes sur lesquels nous sommes tombés tant de fois d'accord?

— Pas d'impertinences, je vous prie. Voyez à choisir entre leur compagnie et la nôtre.

— La vôtre me plaît; mais je vous avouerai que je ne vois aucune raison pour éviter leur société.

— Alors vous trouverez bon que j'en voie une pour me passer de la vôtre.

Et l'avocat lui tourna le dos avec un profond mépris.

IV

Voilà donc l'habitant du ciel
forcé de descendre encore d'un
cran dans la petite ville. A dire
vrai, il n'en était humilié que
médiocrement. Quand on est
habitué à voir les hommes de
là-haut, d'un avocat à un cordonnier la différence est petite.

Il eut pourtant à étouffer un soupir, car il s'était attaché à ses premiers compagnons, dont l'âme honnête allait à la sienne, et il leur savait gré de proclamer la loi d'amour et de justice même avec les retours en sens inverse qu'ils faisaient dans l'application, sans trop s'en rendre compte.

— Je savais déjà, disait-il pour se consoler, que les hommes ne sont pas parfaits.

Il fut d'abord choyé par le cordonnier et ses amis, qui l'admiraient de tout leur cœur, et qui se trouvaient très-honorés au fond, malgré leurs dédains du premier jour, de la compagnie d'un personnage qui frayait avec les premiers de la ville. La femme du cordonnier avait les yeux mouillés chaque fois qu'elle l'entendait.

Malheureusement, un jour qu'il était allé se promener, il rencontra à quelque distance des portes un brave ouvrier qui s'en revenait d'un village voisin, et qui l'accosta familièrement, ne lui voyant pas une de ces mines qui tiennent les gens à distance. Le bon Génie recommença son éternelle prédication, car il n'était venu sur la terre que pour cela, et il ne pouvait guère parler d'autre chose. Comme on le pense bien, il trouva là des oreilles disposées à l'entendre.

« Eh bien ! à la bonne heure, voilà ce que j'appelle parler ! » s'écria l'ouvrier en lui tendant une grosse main noire qu'il serra cordialement. « Touchez-là, vous êtes mon homme, et si vous pensez ce que vous dites, vous allez dîner avec moi. Je

veux vous présenter aux camarades. »

Le Génie ne se fit pas prier,
car il était désireux de voir de
près ce peuple dont on avait
tant parlé dans la belle salle, et
l'ouvrier l'ayant conduit à l'une
des premières maisons du fau-
bourg, entra derrière lui dans
une chambre basse, enfumée,
où une vingtaine d'hommes en
blouse étaient assis autour d'une
table chargée de verres et d'as-
siettes.

Accueilli d'abord avec froi-
deur, car il portait les habits

d'un monsieur, il vit bientôt les visages se dérider aux premiers mots que dit de lui son introducteur, et lui-même ne tarda pas à se sentir le cœur épanoui, car jamais encore ses discours n'avaient eu autant de succès qu'auprès de ces rudes compagnons, dont les figures mâles rayonnaient de bonheur pendant qu'il parlait. La cloche qui les rappelait au travail put seule le séparer d'eux ; et leur tendant son verre, comme ils allaient se lever :

— Allons, mes amis, dit-il

avec élan, avant de nous quitter, buvons à la fraternité humaine.

Les verres se choquèrent, et un seul cri partit de toutes les bouches.

— Oui, dit une seconde fois un grand gaillard, un forgeron, en brandissant le verre qu'il avait vidé d'un trait, à la fraternité humaine ! à bas les bourgeois !

Le Génie voulut se récrier ; mais on n'avait plus le temps de l'écouter. On l'entraîna vers la porte, où il reçut tout ému leurs bruyants adieux, accompagnés d'énergiques poignées de main.

Il s'en alla tout pensif, se demandant s'ils l'avaient bien compris, et ne remarqua pas le cordonnier, qui, arrêté à quelques pas de là, avait contemplé d'un air étrange cette scène quelque peu tumultueuse.

Rentré chez lui, le cordonnier s'empressa de raconter à sa femme ce qu'il venait de voir.

— Nous sommes allés trop vite avec ce beau parleur, dit la femme. S'il fréquente ainsi la basse classe, ce n'est rien pour nous. D'ailleurs, n'as-tu pas remarqué que ces messieurs ont l'air de ne plus le connaître quand il passe devant eux? Il pourrait bien finir par nous faire perdre leur pratique. Si tu m'en crois, nous le laisserons là; il n'est que temps.

A partir de ce jour, le Génie ne vit plus que des visages renfrognés dans la boutique, et on lui eut bientôt fait comprendre que sa présence était désagréable.

V

Il s'en consola facilement avec ses amis en blouse qui avaient pour lui une véritable vénération, au point de lui permettre de les contredire quand ils prononçaient devant lui des phrases du genre de celle que le forgeron avait laissée si naïvement échapper deux ou trois fois. Celui-ci voulut murmurer les mots d'endormeur et d'aristo; mais ses camarades le firent taire, car il n'y avait qu'à regarder le Génie pour voir qu'il était au-dessus de tout soupçon, et la flamme céleste qui sortait de ses yeux commandait invinciblement le respect.

Cependant le bruit de ses nouvelles accointances courait par toute la ville. On commençait à s'en inquiéter en haut lieu, et le même personnage qui lui avait donné la première semonce crut devoir l'avertir charitablement qu'il était question de se débarrasser de lui, s'il persistait à mettre ainsi la société en péril.

Il ne fut pas besoin, heureusement, de recourir aux mesures de rigueur pour rompre cette dangereuse liaison.

Il y avait dans la ville un pauvre misérable qui mendiait son pain de porte en porte. Ivrogne, paresseux, grossier, ce n'était assurément rien de bon. Je crois même qu'il avait eu autrefois des démêlés avec la justice.

Le Génie rentrait un soir chez lui, rêvant à ses déceptions, quand il se heurta contre le pauvre homme, qui avait converti en eau-de-vie les quelques sous ramassés dans la journée, et qui s'en allait battant les murs et chantant d'une voix rauque des couplets obscènes. Le choc renversa le malheureux dans un grand tas d'ordures sur lequel il semblait disposé à passer la nuit, car il ne faisait aucun effort pour se relever, quand l'habitant du ciel le saisit d'une main compatissante et le remit à grand' peine sur ses pieds.

— Ne vous êtes-vous point fait de mal, mon ami? lui dit-il avec bonté.

— Tiens! balbutia l'ivrogne, en voilà un qui m'appelle son ami; qu'est-ce qu'il lui prend donc?

Et il essaya de marcher. Mais sa chute avait achevé de l'étourdir, et il serait tombé à terre, si le Génie ne l'avait retenu.

Obéissant à ses instincts de miséricorde, celui-ci résolut de ramener le mendiant chez lui, et l'ayant pris par le bras, il traversa avec lui toute la ville, sans se soucier autrement de ce que diraient les gens. Que lui importait, à lui !

Chemin faisant, il s'efforçait de faire descendre quelques bonnes pensées dans cette pauvre âme dégradée, et c'était, en vérité, paroles perdues, car le misérable ivrogne était hors d'état d'en suivre le sens. Pourtant il comprit confusément qu'il y avait là quelqu'un qui s'intéressait à lui, et, arrivé devant la chétive mâsure qu'il habitait, pris d'une sorte de reconnaissance, il tendit la main par un geste machinal à son charitable conducteur. Celui-ci la serra amicalement et lui dit : au revoir !

Juste en ce moment vint à passer l'ouvrier qui avait introduit le Génie dans la chambre basse. Une grande indignation s'empara de lui.

— Ah ça ! camarade, dit-il brusquement, où avez-vous donc

la tête de faire amitié avec un être pareil ?

— Tous les hommes sont mes amis ; combien de fois ne vous l'ai-je pas dit ?

—Cela, c'est bon à dire ; mais je vous préviens que je ne vais pas avec la canaille, moi.

— Libre à vous, mon ami. Si vous ne vous sentez pas assez fort et si vous craignez le mauvais exemple, vous avez raison.

— Qu'est-ce que vous dites ? s'écria l'ouvrier en colère. Croyez-vous par hasard que j'aie peur d'apprendre à voler avec les voleurs? Je ne vais pas avec la canaille parce que je la méprise et que je vaux mieux que cela.

— Et la fraternité humaine? répondit le Génie en lui lançant un regard douloureux.

— Allons! n'essayez pas de m'entortiller, s'il vous plaît. Chacun à son rang; et, si vous avez envie de fréquenter ce gredin-là, il faut le dire, on vous plantera là. Si vous le préférez à nous, vous n'avez qu'à parler.

— Je vous préfère à lui, mais je ne vous préfère pas à la justice. Jamais je ne prendrai l'engagement de repousser un homme pour plaire à un autre.

— Eh bien ! c'est dit. Tâchez qu'on ne vous revoie plus chez nous.

Et l'ouvrier partit à grands pas, comme s'il eût craint de se souiller plus longtemps au contact de celui qui venait de serrer la main d'un vaurien.

— Celui-là aussi est comme les autres, se dit le Génie, et il soupira profondément. Son cœur s'était donné à ces franches et loyales natures, à ces hommes au cœur simple, qui auraient fait ce qu'ils disaient s'ils l'avaient compris.

—

IV

Il ne lui restait donc plus, dans toute la ville, que ce mendiant à qui il pût parler. Pourtant il ne se décourageait pas encore. Si je puis être utile à ce pauvre homme, se disait-il, mon voyage n'aura pas été entièrement perdu.

Mais bientôt le mendiant s'aperçut que tout le monde affectait de détourner la tête sur le passage de son ami, et que des regards hostiles le suivaient partout où il allait. Son amour-propre en fut offensé.

— Dites donc, farceur, dit-il un matin au Génie, vous venez avec moi parce que personne ne veut plus de vous ! Si vous croyez que cela me fait honneur, vous n'y êtes pas.

Et à son tour, il lui tourna le dos.

Et le pauvre Génie, que devint-il?

Le Génie? il remonta au ciel.

LE GÉANT D'ALSACE

Du temps des anciens cheva-
liers, il y avait en Alsace un
géant qui était la terreur de
tout le pays. Il fallait toute la
peau d'un bœuf pour lui faire
une paire de bottes, et son
pouce était gros comme le bras

d'un enfant de dix ans. Fier de sa force, il dépouillait et maltraitait sans pitié les voyageurs et ses voisins.

Il avait établi sa résidence à l'entrée d'une des vallées des Vosges, et ayant appris que l'Empereur, fatigué des plaintes qui lui venaient de tous côtés contre lui, s'apprêtait à passer le Rhin pour le mettre à la raison, il commença à bâtir sur le sommet de la montagne un château capable de défier toutes les forces impériales.

Il chargeait sur ses épaules les blocs de rocher avec la même facilité qu'un paysan enlève un sac de blé. Il déracinait les sapins dont il avait besoin pour faire ses poutres, comme si c'eût été des tiges de maïs, et en huit jours il eut terminé son château, car le danger pressait, et déjà l'Empereur s'était mis en marche du fond de la Bohême, où il était alors.

Quand il eut posé là dernière pierre de son énorme construction, le géant descendit dans la plaine pour juger du coup d'œil,

et son cœur s'enfla en aper-
cevant les hautes tours dont
le profil se dessinait dans les
airs.

« J'ai bâti pour les siècles,
s'écria-t-il, et le Temps usera
ses ongles sur ce que j'ai fait en
huit jours. »

Comme il parlait ainsi, il en-
tendit derrière lui un petit bruit,
comme un grattement léger. Il
se retourna, et aperçut un enfant qui faisait un trou dans la
terre avec son couteau.

« Que fais-tu là, petit misérable ? » dit-il de sa grosse voix.

L'enfant, tout tremblant, ré
pondit :

« Ayez pitié de moi, Monsei-
gneur. Voici un gland que mon
père m'a donné en me disant
qu'il pourrait devenir un arbre
si je le mettais en terre, et je
travaille à mettre ce pauvre
gland en état de devenir un
arbre. »

Le géant haussa les épaules et
retourna vers ses hautes tours en
faisant des enjambées de douze
pieds.

Il y a de cela cinq cents ans passés, et, à la place où l'enfant creusait avec son couteau, s'élance de terre un chêne gigantesque, le roi de la forêt, dont les branches vigoureuses répandent au loin l'ombre et la fraîcheur.

Quant aux tours du géant, il faut se baisser maintenant pour en retrouver les pierres, perdues dans les broussailles.

LA BONTÉ QUI SÈME EST PLUS
PUISSANTE QUE LA VIOLENCE QUI
REMUE DES MONTAGNES.

FIN.

CLÉMENT (Ch.).

Michel Ange, etc. — 1 v.

DURAND (Hip.).

Les grands Prosateurs. — 1 v.
Les grands Poëtes. — 1 v.

ERCKMANN-CHATRIAN.

Le fou Yegof ou l'invasion. — 1 v.
Madame Thérèse. — 1 v.
Histoire d'un paysan. — 1 v.

FOUCOU.

Histoire du travail. — 1 v.

GRIMARD.

Histoire d'une goutte de sève. — 1 v.

HIPPEAU (Mme).

Économie domestique. — 1 v.

IMMERMAN. — 1 v.

La blonde Lisbeth.

LAVALLÉE (Th.).

Les Frontières de la France. — 1 v.
Histoire de la Turquie. — 2 v.

LEGOUVÉ (E.).

Les Pères et les Enfants. — 1 v.

LOCKROY (Mme).

Contes à mes nièces. — 1 v.

MACAULAY.
Histoire et critique.   1 v.

MAURY (M. F.).
Géographie physique.   1 v.

MULLER (E.).
Jeunesse des hommes célèbres.   1 v.

ORDINAIRE.
Dictionnaire de Mythologie.   1 v.
Rhétorique nouvelle.   1 v.

PAPE-CARPENTIER (Mme).
Le Secret des grains de sable.   1 v.

RATISBONNE (Louis).
Comédie enfantine.   1 v.

RENARD.
Le fond de la mer.   1 v.

ROZAN (Ch.)
Ignorances de la Conversation.   1 v.

ROULIN (F.).
Histoire naturelle.   1 v.

SAYOUS.
Conseils à une Mère.   1 v.
Principe de Littérature.   1 v.

SIMONIN.
Histoire de la Terre.   1 v.

STAHL (P.-J.).

Morale familière.   1 v.

STAHL ET MULLER.

Le nouveau Robinson suisse.   1 v.

THIERS.

Histoire de Law.   1 v.

VERNE (Jules).

Les Anglais au pôle Nord.   1 v.
Le Désert de Glace.   1 v.
Cinq semaines en ballon.   1 v.
De la Terre à la lune.   1 v.
Voyage au Centre de la Terre.   1 v.
LES ENFANTS DU CAPITAINE GRANT :
     L'Amérique du sud.   1 v.
     L'Australie.   1 v.
     L'Océan pacifique.   1 v.

VICTOR HUGO.

Les Enfants.   1 v.

WOGAN (de)

Voyages et Aventures.   1 v.

ZURCHER ET MARCOLLÉ.

Les Tempêtes.   1 v.
Histoire de la navigation.   1 v.
Le monde sous marin.   1 v.

VOLUMES IN-18 ILLUSTRÉS.

Brochés, 3 fr. 50.—Cart. dorés sur tran., 4 fr. 50.
Reliés, dorés sur tranches, 5 fr. 50.

BERTRAND (A.).

Lettres sur les révolutions du globe. 1 v.

FARADAY.

Histoire d'une Chandelle.   1 v.

FRANKLIN (J.).

Vie des animaux (non illustrés).   6 v.

GRATIOLET (P.).

De la physionomie.   1 v.

MAYNE-REID.

Aventures de terre et de mer (William   1 v.
   le mousse).
Les jeunes esclaves.   1 v.
Le Désert d'eau.   1 v.

NODIER (Ch.).

Contes choisis (avec aciers).   2 v.

PARVILLE (de).

Un habitant de la planète Mars.   1 v.

SILVA (de).

Le Livre de Maurice, ill. par Frœlich. 1 v.

Paris.—Imprimerie Jules Bonaventure.

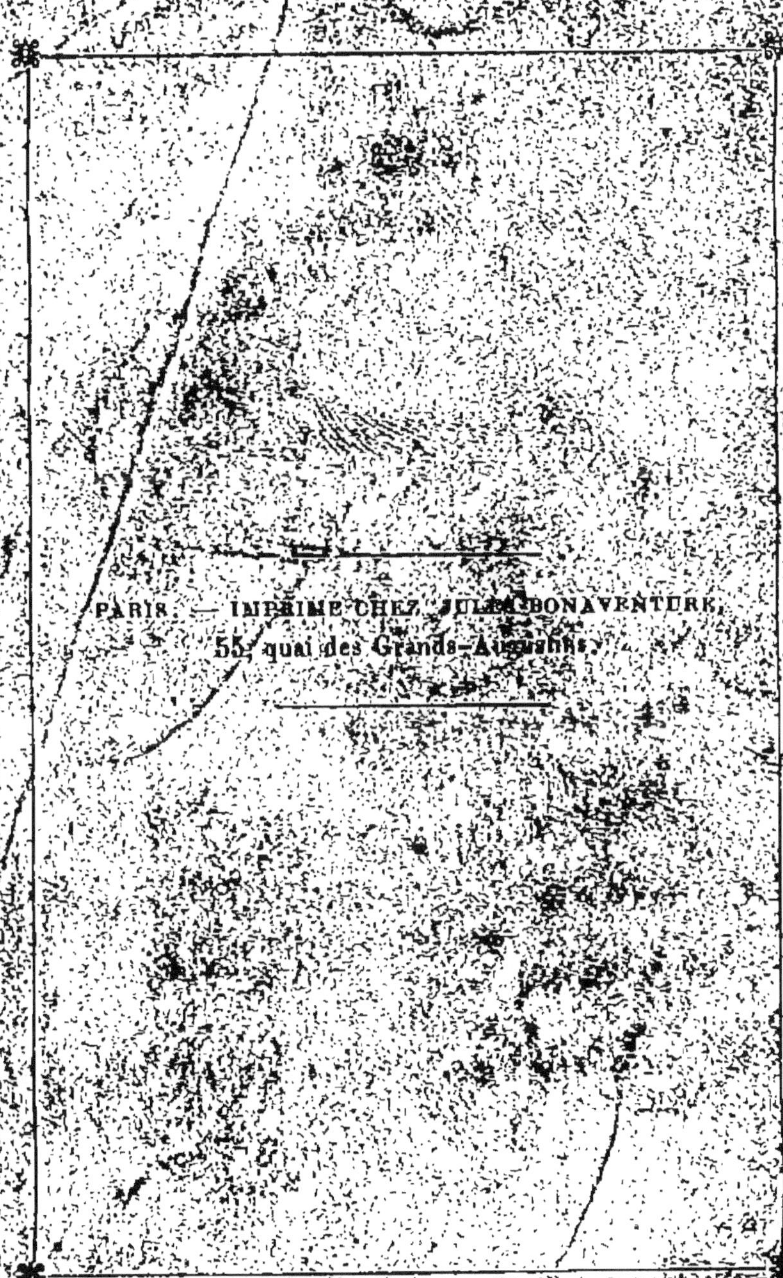

PARIS. — IMPRIMÉ CHEZ JULES BONAVENTURE,
55, quai des Grands-Augustins.

www.ingramcontent.com/pod-product-compliance
Lightning Source LLC
Chambersburg PA
CBHW051625060726
47597CB00004B/1447